Delphine ROUX

[Kokoro]

Éditions
Philippe Picquier

Mas de Vert
B.P. 20150
13631 Arles cedex

www.editions-picquier.fr

En couverture : © Plainpicture/Score. by Aflo

Conception graphique : Picquier & Protière

Mise en page : M.-C. Raguin, www.adlitteram-corrections.fr

ISBN : 978-2-8097-1292-6
ISSN : 1251-6007

[merigorand, *manège*]

Je ne sais pas conduire. A la différence de Seki, je n'ai jamais tourné un volant de ma vie. A part peut-être celui d'une auto tamponneuse, il y a longtemps, au parc d'attractions. Il pleuvait ce jour-là, tout timidement depuis le matin.

J'avais peu dormi tant j'espérais les manèges chromés, l'odeur grise des pétards, les tubes aux refrains faciles. Un entre-deux pour quelques heures.

Je me souviens du sourire de ma mère sur le pastel d'un botchan dango, de ses yeux doux caressant mon visage, de sa main qui me disait *Vas-y*.

[jidousha, *automobile*]

Aujourd'hui, Seki roule en 4 × 4 Toyota dernier modèle.

Elle a pris le forfait Entretien total chez CarClean, s'y rend tous les quinze du mois après son travail.

Je ne suis jamais monté dans la voiture de Seki. Je n'y ai jamais été convié. A ses yeux, je ne fais cas de rien, on peut me suivre à la trace *si maman voyait ça*.

La voiture de Seki doit sentir la Vanille des îles, peut-être la Fraîcheur yuzu. Comme sa maison, sa vie entière.

[ie, *maison*]

Seki habite en périphérie, au sud. Là où tout pousse plus vert. Où les maisons sont dites contemporaines, pensées par des architectes, des paysagistes qui alignent des cache-pots monochromes sur des graviers ratissés de frais. Là où l'on s'invite pour des brunchs *à l'anglaise*, des apéritifs dînatoires *à la française*.

Je n'ai jamais bougé du cœur de la ville depuis que je vis seul. Je ne dis pas que c'est mieux. C'est comme ça. Mon immeuble se tient au bout d'une impasse ponctuée de sorbiers. De mes voisins, je ne connais que certains bonjours échangés dans l'escalier. Ceux de la dame alcoolisée dès le petit-déjeuner que son chien emmène prendre l'air, ceux du couple de quinquagénaires toujours vêtus de noir, ceux de l'adolescente aux cheveux roses à l'air souvent inquiet.

[hashiru, *rouler*]

Je roule à vélo. Le même depuis quinze ans.

J'en sais les contours, les éraflures, la moindre corrosion.

Je n'ai jamais pédalé bien loin. Cela m'importe peu. Je ne suis pas un voyageur. Aucun bagage n'encombre mes placards, aucune valise à roulettes. Pas de sac à dos non plus.

Mon vélo me sert à me rendre à la bibliothèque où je travaille, à la maison de retraite pour voir grand-mère. Et puis à l'ancienne maison, au cimetière. Le reste, je le fais à pied.

[yoka, *temps libre*]

Je ne remplis guère mon temps vacant.

Le plus souvent, j'observe le monde en proximité. Je n'agis pas sur lui, n'essaie pas de le modifier. Pas l'envie, la volonté de ça. Je laisse aller. Un ballottement infime, un doux roulis. Gentil bercement quotidien, de gauche à droite, sur l'assise qui m'accueille. Et puis je sais que d'autres se chargeront des affaires du monde. Que d'autres y trouveront des passions. Autant leur faire plaisir donc. Je n'ai jamais été égoïste.

[koudou suru, *agir*]

Seki a beaucoup d'activités en plus de son travail. Elle fait du yoga le mercredi midi, va au cinéma le mercredi soir et, chaque samedi matin, elle suit un cours de calligraphie à domicile.

Seki est une jeune femme moderne, dans l'écho des titres de magazines, dans la maîtrise du visible. Elle dit que je devrais faire comme elle, me bouger. Que je serais certainement mieux dans mes baskets. Ses conseils amplifient mes silences.

Mes baskets et moi, je crois, nous entendons joyeusement.

[seisyounen, *jeunesse*]

Quand j'étais petit, je courais sans cesse après le temps, rien ne semblait m'épuiser. Papa, attendri, m'appelait *vif-argent*. J'avais toujours un désir, une envie sur le feu, des yeux qui disaient *et si on essayait de.*

Je prenais des cours de piano, faisais du base-ball et du judo.

Dans la pénombre de la remise, je pâtissais des gâteaux d'argile, menu du repas de la famille Lego dont j'étais forcément le père.

Sur le tas de sable du jardin, j'élaborais des cités de cailloux, dessinais des sentiers feuillus. Je créais des royaumes pour les escargots, leur aménageais des chambres nuptiales : il fallait des bébés gastéropodes. Pour autant, la lignée n'était guère simple à composer. Les bestioles, même lentes, se montraient peu coopératives. Elles glissaient du lit de mousse, ne se touchaient pas. Il n'y aurait pas de progéniture. Grains de quartz alors dans la machine, dans mes idées d'enfant.

J'aimais lire aussi. Sans mesure. Avidement. Me colleter aux signes s'agrégeant en histoire, me gargariser de syllabes et de sons que je décidais magiques. Je vénérais les super-héros, réinvestissant leur toute-puissance au cœur de mes jeux.

On me proclamait enfant précoce, on me promettait un destin. Peut-être pensais-je, à l'époque, que j'en aurais un.

Aujourd'hui, je regarde le monde en proximité. Je regarde les autres faire ce que je ne fais pas, ce que je ne fais plus. Voilà.

[fumidasu, *avancer*]

Mon premier vélo, un cadeau de mes parents pour mes cinq ans. Bleu avec un panier jaune sur le devant afin d'y installer Fuji, un lapin rouge tricoté par grand-mère.

Avec Seki, les soirs d'été après le bain, nous roulions sur la sente qui longeait la maison. Ça sentait les narcisses, le seringat, la menthe sauvage. On vocalisait en pédalant, libres, le corps brûlant de joie sous le coton des jinbei. Nos cheveux humides, fins comme des fils de soie. Parfois Seki me donnait la main. Mes doigts pâles dans les siens, nous avancions en cadence. Ma grande sœur qui m'aimait comme une mère. Mon inséparable qui me tendait son existence, au risque de tomber ; qui m'aidait à avancer.

A sept ans, bien que je sois capable de m'affranchir des roues de sécurité, je refusais obstinément qu'on les enlève. Je ne voulais pas qu'on ampute mon vélo, tout était bien comme ça. Et puis un matin, profitant que j'étais à l'école, papa les retira d'autorité. J'ai ravalé ma colère comme un mauvais sirop, d'un coup sec.

Malgré les encouragements, les remontrances alentour, je ne suis jamais remonté sur mon vélo.

Désormais, le porte-bagages de Seki m'accueillerait. J'avais classé le dossier, elle l'avait signé et approuvé.

[housou, *emballage*]

Je me suis remis en selle par la ruse de grand-mère.

Le jour de mes quinze ans, elle a débarqué dans ma chambre chargée d'un vélo hollandais enrubanné de rose, comme dans les films. *Tiens, mon Koichi, comme ça tu pourras faire mon marché plus facilement.*

Seki n'était pas là pour voir ça, elle étudiait le droit aux Etats-Unis.

Grand-mère a toujours été intelligente, plus fine que les événements, dans le détour des choses, sans précipitation. Le souffle coupé, j'ai embrassé ses douces joues de riz et, dans ma tête, je lui ai dit que je l'adorais.

Pendant des heures, j'ai roulé à m'en faire mal aux jambes, au dos, aux reins. Pour rattraper un peu le temps usé, les pétales de pruniers envolés, les chants d'oiseaux perdus.

[otanjoubi omedetou gozaimasu,
bon anniversaire]

Aujourd'hui, c'est mon anniversaire. Je suis allé chercher une canette de coca au distributeur d'en bas. *Les bulles, c'est la fête* disait toujours papa.

Seki ne m'a pas téléphoné. Seki a beaucoup de travail. Seki me téléphone peu. Elle est Directrice des Ressources Humaines à la mairie de la ville. A poste important, majuscules de rigueur.

Grand-mère non plus ne m'a pas appelé. Mais dans le brouillard de ses jours, peut-être connaît-elle des éclaircies ; peut-être lui arrive-t-il de penser au gâteau glacé couronné de chantilly qu'elle me préparait chaque six mai.

[keeki, *gâteau*]

Je suis allé à la pâtisserie Kobayashi. La meilleure du quartier à ce que disait toujours grand-mère. Et grand-mère s'y connaissait ; elle avait donné pendant quarante ans des cours de cuisine dans un lycée professionnel.

Madame Kobayashi est l'incarnation du cliché commerçant : des sourires télécommandés, le mot qu'il faut pour s'assurer la fidélité du chaland, les mains impeccablement manucurées, des avis réguliers sur le temps qu'il fait ou qu'il devrait faire. Quant à sa boutique, une bonbonnière cocotte à la française où il fait bon attendre son tour.

Parfois, madame Kobayashi dit *bonne journée* quand il est dix-neuf heures. Madame Kobayashi ressemble à un chou à la crème, un gros corps rond que domine une petite tête au cou égayé de dentelle blanche. Madame Kobayashi a toujours un air gêné lorsque mon tour arrive. Une moue timide de petite fille, des yeux de moine triste. Elle fait partie de ceux qui n'ont pas intégré l'histoire. Elle fait partie de ceux qui parlent du passé en évoquant *le drame*, comme à l'époque, dans les journaux. Je ne lui en veux pas, je ne peux pas lui en vouloir.

J'ai acheté deux cakes au matcha.

Il reste de la chantilly en bombe dans le frigo, ça fera l'affaire. Ce sera un peu comme avant.

[yoku, *désir*]

Il fait beau temps, des cirrus indolents caressent le ciel. L'appartement est chaud de lumière. Une odeur de paille tiède cerne doucement les choses, des points de poussière ondulent en contre-jour. Tout est flottement.

Du balcon, j'entends les cris des enfants de l'école d'à côté.

Parfois, je reste des minutes sur mon futon à les écouter chanter, se bagarrer, rire, faire semblant de. J'ai faim de leur enfance en bleu marine, je ne serai jamais repu de ce début d'existence, jamais rassasié.

Je voudrais rapetisser, retrouver une voix claire, l'énergie, la densité d'une sève de printemps. Je voudrais que papa et maman viennent me chercher le soir, les mains pleines de mochi ; qu'ils me demandent si j'ai passé une bonne journée, si j'ai bien travaillé, si mon bento était bon.

Dans ces songes-là, je retrouve l'envie de désirer.

Juste dans ces songes.

[seityou, *grandir*]

Seki pense que j'ai l'âge mental d'un gosse de dix ans, tout au plus, qu'il faudrait que je pense à grandir, à agir en homme.

Le mot homme a peut-être été inventé pour d'autres que moi.

Il ne fait pas partie de mon dictionnaire intime.

[shisen, *regard*]

Les yeux de Seki changent quand elle est en colère. La tension les rend métalliques, perçants comme ceux des éperviers. Quand nous étions petits, nous les observions longuement faire du surplace avant qu'ils ne plongent sur leur proie.

Je suis la proie volontaire de Seki. Je ne vais pas au carnage mais je ne lui résiste pas.

Aujourd'hui, quand elle m'évalue, Seki s'intéresse à moi.

C'est déjà ça.

[kakurega, *tanière*]

Je n'ai rien fait dans l'appartement. Il est semblable à ce qu'il était quand je l'ai acheté avec ma part d'héritage. Je n'ai jamais supporté le bruit lancinant des perceuses ; allier les couleurs aux objets pour faire joli m'ennuie. Je crois que je n'ai pas ce goût-là, pas le sens de cet effort-là.

Je ne vois pas ce qui est laid, la disgrâce matérielle glisse sur moi, je ne m'y arrête pas.

Seki dit que je me laisse aller *si papa voyait ça*. Que la poussière n'est pas bonne pour la santé, que je devrais jeter mes niaiseries infantiles. Que ses filles de cinq ans sont plus mûres, plus ordonnées, plus responsables *le sens des réalités, enfin !*

Seki dit que mon salon aurait besoin d'un bon coup de peinture.

Ses murs jaunes me conviennent. La sensation lénifiante d'évoluer dans le monde de Pikachu. Une terre d'enfance désertée par Seki, définitivement, un soir d'hiver.

[shokutaku, *table à manger*]

Souvent, je reste en arrêt devant mon frigo ouvert. Hypnotisé par la lumière bleutée, les couleurs franches, acidulées, des produits entassés. Une partie de mon salaire passe dans l'alimentaire.

Je teste les nouveautés mises en avant, à hauteur de main, par les chefs de rayon cravatés des supermarchés. J'ai conscience d'être une cible, peu m'importe. J'achète, je consomme. Voilà. Je mange, je ne grossis pas. Si je suis convaincu, je fais goûter le meilleur à grand-mère. La dernière fois, elle a eu des gâteaux marbrés au chocolat blanc, des mousses de fruits rouges et leur soupe de crème à l'ananas, un curry de thon au melon.

Je ne veux pas faire la cuisine même si je sais la faire. Même si j'aimais la faire. La découpe des poissons, la dorure d'un tofu jusqu'à ce qu'il ait la belle couleur du renard, les strates colorées des maki n'avaient aucun secret pour moi. La grande école de grand-mère, ses tours de main partagés.

Aujourd'hui, nous ne mangeons que de l'industriel, du mondialisé.

Je sais bien les colorants, les conservateurs et autres stabilisants.

Je sais bien. C'est comme ça.

[yoso, *ailleurs*]

Les soignantes de la maison de retraite, je crois, ne m'aiment guère. Quand je déambule dans les couloirs interminables de cette maison qui n'en a que le nom, elles se rassemblent en leur blancheur synthétique, les pieds gourds dans leurs savates ajourées.

Les regards se font critiques. Les balais-serpillères voudraient me botter le cul, les mains gantées sûrement m'étriper, je le sais. Presque systématiquement, elles me répètent qu'il ne faut pas tenter grand-mère, que toutes mes gâteries sont mauvaises pour sa santé. Je me contente de leur sourire et de passer mon chemin. Assurément, ce sont leurs menus mixés prédigérés qui n'ont jamais convenu à grand-mère. Ses bols repartent quasi pleins à chaque fin de repas. Mais je ne veux pas entrer dans le débat.

Jamais grand-mère ne laisse ce que je lui apporte. Elle prend le temps de mastiquer, de déguster, de se poser entre chaque bouchée. Elle garde même les emballages des gâteaux qu'elle a préférés dans son sac à main. On se régale, on se regarde, sans mot dire.

Grand-mère a toujours préféré le plaisir à la règle, alors je poursuis sa tradition, sans une once de remords. Je sais ce qui est bon pour elle. Elle a toujours su ce qui l'était pour moi.

[youi, *facile*]

Oui l'abondance de mon frigo.

Je pourrais tenir un siège, entretenir une famille, inviter.

Je pourrais.

Depuis longtemps, le micro-ondes est un fidèle assistant.

Je n'aime guère la texture des liquides vaisselle, ils laissent une pellicule poisseuse sur les mains, exhalent des odeurs qui m'écœurent. Alors je mange, je bois, je tranche, j'engloutis à l'aide d'ustensiles en plastique. J'apprécie cette dînette jetable.

Oui, je me cherche des excuses pour en faire le moins possible.

Je le sais, peu m'importe.

[chouwa, *harmonie*]

Seki dit que si je m'arrangeais un peu, je pourrais être beau.

Que les tons pastel iraient bien à mon teint.

[matsu, *attendre*]

Chaque soir, maman attendait papa dans une impatience mêlée de tension. Je le voyais à son sourire sincère et pincé tout à la fois, à cette ride du lion qui barrait verticalement le milieu de son front.

Maman était la classique femme japonaise au foyer. Ses rêves d'émancipation, elle les avait bien cachés dans le repli de ses silences et de ses gestes. Femme aux mains souvent gantées de blanc, aux cheveux que faisait briller l'huile de camélia. Dévouée, trop dévouée. Toute la vie de maman semblait fossilisée sur les retours de mon père ; sur la préparation du dîner qui le ravirait. Maman collectionnait les fiches-cuisine des magazines, les rangeant précieusement dans un classeur rouge. J'aimais feuilleter son recueil coloré, imaginer les textures, les goûts, les décorations à la surface des gâteaux. Il m'arrivait de fermer les yeux, de tourner les pages et de m'arrêter soudain :

cette recette, maman la ferait aujourd'hui. Et elle la faisait. Capable de courir la ville pour trouver les ingrédients précis. Pour faire plaisir, sans cesse. Pour nourrir au mieux sa famille. Elle qui avait coupé les ponts avec la sienne, refusé des héritages encombrants. Elle qui disait qu'elle n'avait plus de passé, que nous étions son présent. Elle qui souvent, sans savoir que je la voyais, essuyait des larmes avant même d'avoir tranché les oignons.

Parfois, papa emmenait maman au restaurant – il disait que ça la reposerait – puis au théâtre. Maman se faisait belle, mettait son kimono mauve et sa bague en jade. C'est grand-mère qui nous gardait. Grand-mère qui avait adopté maman à la première seconde où elle l'avait vue. Qui savait qu'elle rendrait son fils heureux.

Et je crois que mon père l'était, ses yeux émus à chaque mot, même insignifiant, de ma mère.

[isshyoni, *ensemble*]

Je regarde la télévision dans la cuisine. C'est toujours là que je la regarde. Il y en a une autre dans ma chambre, petite comme une boîte à chaussures. La télé parle, pas d'obligation de réponse. Cela me convient.

Pour les cinq ans de mes nièces, j'ai voulu inviter Seki et Hisao au restaurant. Seki a décliné, ils étaient pris tous les soirs de la semaine. Et après, *de toute façon*, argua-t-elle, *c'était compliqué*.

Je ne vois jamais mes nièces. Je ne demande pas à les voir. Je connais d'avance la réponse. Quand je les ai rencontrées la première fois à la maternité, j'étais comme anesthésié d'émotion. Les enfants de ma sœur, la communauté cellulaire, le cheveu similaire. J'ai posé doucement un ourson Paddington dans le berceau d'Asami, un mini-Totoro dans celui d'Asaka. Seki m'a fixé intensément. Pendant quelques secondes, j'ai cru retrouver la petite fille qui pédalait en riant sous les seringats. J'ai cru retrouver ce regard enveloppant qu'elle posait sur moi, ses mains tranquilles. Comme un retour à la source de ce que nous avions été.

Brusquement, Seki a remonté le couvre-lit blanc jusqu'à son menton, ses yeux sont devenus métal. Les petites se sont mises à hurler. Je suis parti à reculons, dans un au revoir sans écho.

[chekkusuru, *vérifier*]

Seki n'est venue que deux fois chez moi.

La première, lorsque j'ai emménagé. Sûrement pour vérifier si j'avais fait une bonne opération financière, si je n'avais pas dépensé mon argent à tort et à travers. La seconde, quand grand-mère est rentrée en maison de retraite, pour le partage de ses meubles.

C'est ce jour-là qu'elle m'a dit que je vivais dans une étable, qu'heureusement qu'à mon travail j'étais plus ordonné, qu'il faudrait que je jette mes vieilleries du passé. J'ai souri en moi-même.

Seki, vêtue comme sortant d'un magazine. Les joues émaciées, le corps trop léger.

[yuzuru, *céder*]

Je n'étais pas d'accord pour la maison de retraite.

Je voulais m'occuper de grand-mère. Vivre toujours à ses côtés, la porter comme elle m'avait porté.

Seki a refusé d'obtempérer.

J'ai fini, devant son obstination à tirer des traits, par céder.

[omocha, *jouet*]

Mon salon est un terrain de souvenirs.

Sur les étagères, le canapé, la table basse, cohabitent train électrique, kokeshis anciennes, boîtes à musique, peluches.

Ces jouets sont ceux du passé, je n'en ai acheté aucun.

Ils m'appartenaient, appartenaient à ma sœur, à mes parents.

Tous gardent trace de récits oniriques, de doigts enfiévrés, de corps en mouvement. J'ai tout gardé. Seki voulait tout jeter. J'ai tout gardé.

Seki ne sait pas que j'abrite Kokoro, sa poupée chérie d'autrefois. Maman lui cousait souvent des robes de velours, papa lui avait fabriqué une maison sur mesure.

Il y avait même une niche pour le chien, une cage pour le perroquet.

Parfois, en riant de moi-même, je raconte ma journée à Kokoro, lui parle de grand-mère et bien sûr de Seki. Je raconte parce que j'aime à penser que Kokoro est survivante d'un hier heureux. Dans la connivence de nos vies, de nos cœurs.

[kaze, *vent*]

Nos parents sont morts asphyxiés dans l'incendie du théâtre de la ville. Comme cinquante autres personnes désireuses de fêter la Saint-Valentin en ce samedi soir venteux. Une défaillance électrique, des normes de sécurité dilettantes. Le fameux drame.

On jouait une pièce française, *On ne badine pas avec l'amour*.

L'événement couplé au titre de la pièce entraîna des rires nerveux à l'échelle nationale. Je n'ai pas ri. Je crois qu'à l'époque je ne comprenais pas. J'ai beaucoup pleuré en revanche. J'allais rejoindre les orphelins courageux de mes mangas préférés.

Du courage alors. Oui, j'en aurais. A ma petite façon.

[kemuri, *fumée*]

Ma maison d'enfant après le feu funeste : un tissu sombre sur le portail de bois. Une maison pirate, isolée parmi les pavillons lisses du quartier.

Dans leur chambre aux murs blancs, les cendres de mes parents – et d'autres spectateurs sûrement – en repos dans une urne bleue.

La municipalité a tout fait pour que les familles puissent se recueillir dans l'intimité avant le dépôt des cendres dans les cryptes, pouvait-on lire dans les journaux. Nous n'avons rien reçu d'autre. Nulle trace d'alliances, de sacs à main, de colliers.

Volets baissés, l'obscurité se mêlait aux volutes d'encens.

Silence, torpeur, goût de bile dans la bouche à chacune de mes visites. Défilé d'amis, de collègues, de voisins. Mains sur les joues, rituels et paperasses administratives auxquels je ne comprenais rien.

De son jardin, grand-mère avait rapporté des hellébores blanches qu'elle avait assemblées sous le portrait de mariage de ma mère et mon père. Et moi, j'avais posé un bouquet de pensées sur leurs futons, de celles qui poussaient, cou baissé, près des azalées.

Seki, prostrée dans le fatras du grenier, refusa de se rendre au cimetière pour le dépôt des cendres et de s'alimenter pendant presque une semaine. Le regard prisonnier dans les carreaux de ses jupes, elle hurlait que ses yeux étaient secs, qu'elle avait cramé avec eux, que partout ça puait la mort, que nous étions tous morts.

Ma sœur, quinze ans. Corset diaphane à l'abdomen, stalagmites au cœur. Le début de l'ère glaciaire. L'oubli instantané de nos bras ouverts.

J'ai laissé mon esprit s'évader jusqu'à la cime des pins.

J'ai mené le cortège en petit costume noir, grand-mère la tête haute à mes côtés. Et puis j'ai mangé comme quatre dans les mois qui suivirent, tournant à qui mieux mieux les pages du classeur rouge.

[entaateinmento, *divertissement*]

On a reconstruit le théâtre.

Les gens, semble-t-il, n'ont plus peur des fantômes.

[jari, *gravillon*]

Toutes les deux semaines, je roule vers eux. Le souvenir des années vives de leur présence pour itinéraire.

Je suis toujours le premier à franchir le portail du cimetière s'ouvrant en un râle régulier. Et puis vient la généreuse poignée du gardien comme le viatique d'une douceur à venir.

J'aime le calme des petits passages entre les caveaux, l'ordonnancement minéral rassurant, la stridulation tranquillisante des grillons. Je ne suis jamais triste sur ces terres recelant du familier, de l'inconnu. Pour un peu je pique-niquerais sur les tombes comme au Mexique, je m'étendrais dessus pour prendre le soleil, pour dormir un peu.

Le portrait souriant de mes parents s'est verdi au toucher des époques. Tranquillement, je jette les fleurs fanées dans un grand plastique bleu prévu à cet effet. Dans l'eau neuve des quatre vases, je dispose des bouquets d'anémones, de pivoines, de cosmos, de freesias, selon les saisons. Ma prière à moi.

Et puis je repars, redressant çà et là des gerbes culbutées, des petits bouddhas bancals. Je repars léger et pourtant toujours quelque peu alourdi de gravillons gris dans les chaussures.

Des scrupules, aurait dit mon père.

[hon, *livre*]

Je suis magasinier dans une bibliothèque. L'essentiel de mon temps de travail se passe en sous-sol, les tâches de rangement, de classement, éclairées à la lumière sourde des néons.

Ce sous-sol me va bien. J'y suis en réserve. Avec le temps, j'ai trouvé mon rythme au milieu des couloirs tapissés de papier, des odeurs d'encres mêlées de poussière et de béton.

J'essaie d'exécuter ma tâche le plus sérieusement possible. Je n'y trouve ni plaisir, ni déplaisir. Je fais mes heures, prends mes vacances. Le midi, je rentre chez moi pour manger des soba. Ça me cale, c'est simple, ça glisse tout seul. Je ne profite pas des avantages du métier, tout ça m'est égal. Je n'ai besoin de rien à part de voir grand-mère. Et Seki quand elle l'a décidé. Au Starbucks dans ses bons jours, au parking de la mairie quand elle se dit pressée.

[okane, *argent*]

Héritage, assurances vie : des millions de yens sur mon compte en banque. *L'argent travaille*, comme disait mon père.

Celle qui se dit ma conseillère financière multiplie les avances que je décline systématiquement. Malgré tout, elle s'attache. Comme un ver à la pomme.

Je ne lis jamais. A part les modes de cuisson des plats préparés, le titre des ouvrages que j'aligne, les prospectus du supermarché à la titraille si racoleuse que je ne peux l'éviter.

Je ne veux plus rentrer dans les histoires. La mienne, même minuscule, me suffit amplement.

[monogatari, *histoire*]

Les livres de la bibliothèque sont vivants de la vie des lecteurs.

Cornés, tachés. Des passages soulignés, annotés. Cela ne me dérange pas. Les livres ne sont pas sacrés. Des pages assemblées, de l'encre. La même différence peut-être, entre le corps et l'esprit. Parfois, je retrouve des listes de courses au cœur des feuillets, des mots jetés sur des bristols qui servent de marque-page. Je ne lis rien. L'intimité des emprunteurs ne m'intéresse nullement.

A la bibliothèque, je suis poli avec tout le monde mais la cordialité s'arrête là. Je ne participe pas aux fêtes, ne dîne pas avec mes collègues. Leur vie n'est pas la mienne. Le soir, quand j'ai fini ma journée, je prends un chocolat au distributeur tout à côté de la section jeunesse. Là, le temps de boire – et je prends le temps – je regarde les enfants lire des albums en silence ou à voix haute, poser leur index sur le visage d'un personnage, choisir des mangas avec l'excitation d'un chercheur d'or. Et s'ennuyer aussi, forcés qu'ils sont parfois par leurs parents à lire, à aimer lire, à développer leur intelligence, sans cesse.

Mademoiselle Ogawa, la bibliothécaire jeunesse, m'adresse à l'occasion des mimiques rosissantes. Je crois que je lui plais, qu'elle imagine une réciproque qui aurait du mal à se dire. Elle se trompe, ce sont les enfants qui le plus souvent m'émeuvent. Aussi, je ne réponds jamais à ses sourires. Quand ils pointent à ses lèvres, je tourne la tête ou je regarde mes pieds. Quitte à passer pour un mal embouché. Certes, j'ai des cartes en main. Force est de constater que je me refuse le plus souvent à les distribuer.

[mukaeru, *accueillir*]

La bibliothèque est un service public.

La bibliothèque se doit d'accueillir tout le monde, sans distinction aucune. Il y fait chaud. Les fauteuils sont confortables. Placés près des fenêtres pour pouvoir y lire les vagues du ciel ou simplement détourner son regard du cadre réduit des pages.

La bibliothèque accueille la marge de la ville : SDF, freeters, névrosés de toute espèce, psychotiques tranquilles. Rares sont les débordements ; l'accueil semblant favoriser l'intégration de la vie tout autre.

La bibliothèque a ses figures : un homme qui, tous les jours, au rayon Botanique, ouvre les livres en grand et se met à les sentir. Une femme qui, chaque mercredi, demande l'*Asahi Shimbun* du 18 août 1980. Un sourd qui hurle sur les lecteurs semblant trop absorbés par le silence.

La bibliothèque a ses odeurs, le plus souvent mauvaises, que les femmes de ménage cherchent à dissimuler à grand renfort d'encaustique, d'huile de coude et de bactéricides.

La bibliothèque m'accueille et j'y plonge en réserve, comme une ama sans combinaison ni bouteille.

[kesyou, *maquillage*]

Je n'ai pas voulu faire d'études. Malgré les reproches acides de Seki, ses prévisions sur le gâchis qu'allait être ma vie. J'ai quitté l'école à dix-sept ans. Sans regret aucun. Je ne comprenais pas le sens des compétitions, des examens instaurés dès le primaire. Je me perdais dans les abîmes abstraits des mathématiques, les devoirs pour lesquels il fallait s'avancer, les cours du soir. Seuls quelques ateliers d'art plastique me sortaient parfois de mes engourdissements. Je remplissais alors l'espace, les vides, à grands coups de pinceau. Dépassant le plus souvent les bords, la consigne. Sortant du cadre avec l'assentiment d'un professeur encourageant mes licences. Il ne fit pas long feu au lycée. Moi non plus.

Je vivais chez grand-mère qui ne s'inquiétait pas de mon sort. Le cœur toujours dans la confiance. Seki, cohérente dans ses rejets, avait préféré la pension. Elle revenait rarement le week-end. Prétextant toujours du travail, des sorties. Je n'insistais pas. Grand-mère non plus.

Mois après mois, Seki changeait. Elle naguère dans la simplicité d'un teint sans fard semblait s'échiner à devenir autre. Coloration des cheveux, permanente, surenchère de vêtements à la mode, de bijoux clinquants. Un déguisement de grande fille perdue.

Le maquillage était son obsession. Des heures passées à truquer le réel. Des heures à guetter, dans le reflet d'un miroir grossissant, les changements de surface.

Son visage se devait d'être net, pur, sans rature. Alors, à grande eau, elle le clarifiait. Sélectionnait savamment les chimiques artifices.

Et moi je l'observais, de loin. L'injonction tacite étant de ne poser aucune question, de regarder en silence. J'enregistrais ses moindres mouvements : une façon de tirer les paupières pour poser l'eye-liner, d'accorder le vernis à ongles à la tenue du jour, de discipliner une mèche d'un coup de peigne opportun.

L'ordre était de mise dans l'entreprise esthétique. Et cette ordonnance me berçait, me plongeant parfois dans un état d'abandon proche du sommeil.

A dix-sept ans, son Senta réussi brillamment, Seki voulut faire ses études à l'étranger. Pour toutes nouvelles, des cartes postales lapidaires de Londres, Moscou, Rome. Et j'en oublie. Elle ne rentrait qu'une fois par an. Passait deux jours avec nous puis repartait chez des amis. A Kobe, à Kyoto, à Kanazawa. C'est à Pékin qu'elle rencontra Hisao. Bardés de diplômes, ils rentrèrent au Japon l'année de leurs vingt-trois ans. Ils trouvèrent du travail en deux temps trois mouvements ; se marièrent avec pour seuls invités leurs témoins, firent construire une maison de magazine et devinrent les parents d'Asami et Asaka, avec le concours de la science.

[inton, *retiré*]

J'étais bien à vivre chez grand-mère.

J'évoluais à son rythme, en douceur, dans la métrique de ses rituels.

Je portais des socques de crêpe aux pieds, dans la tête. Chaque jour, je faisais les courses. Et puis j'étais préposé au thé du midi, à la tisane du soir. Alors qu'elle l'avait tant redoutée, grand-mère aimait la retraite. Moi aussi j'aimais ça, retiré de la vitesse, des obligations et passions qu'exigeait mon âge.

On jouait au go, aux dominos. On marchait le long du canal, au parc. Seki objectait qu'il était inconcevable que je perde mon temps comme ça, que papa et maman n'auraient pas voulu ça.

Je ne rebondissais jamais.

Grand-mère, elle, disait qu'il fallait me laisser grandir, qu'un jour viendrait où je prendrais les choses en main, qu'elle le savait.

Seki soupirait en haussant les épaules et quittait la maison, sans salut, les poings serrés.

[negai, *vœu le plus cher*]

Un jour, alors que nous allions pique-niquer pour fêter Hanami, grand-mère m'offrit un Daruma. Suivant la tradition, je dessinai en noir une première pupille sur cette figure de papier mâché et fis le vœu de voir à nouveau sur le visage de ma grande sœur le sourire plein d'Okame.

Le Daruma est aujourd'hui sur ma table de nuit. Toujours malvoyant.

Mon souhait s'est perdu dans le vent des cyclones et les ondées d'orage.

[kaishain, *employé*]

L'entrée de grand-mère en maison de retraite a coïncidé avec l'ouverture d'une nouvelle bibliothèque. Seki a tellement insisté pour que j'envoie un courrier que j'ai fini par accepter. C'est comme ça que j'ai été recruté. Je ne sais pas si elle a appuyé ma candidature. Peut-être. Je ne sais pas. Tout le monde ignore qu'elle est ma sœur. Elle était déjà mariée à l'époque.

Je sais que Seki n'est pas appréciée à la mairie. Je sais qu'on dit d'elle qu'elle a les dents qui rayent le plancher, qu'on la surnomme *la rétractée.*

Dernièrement, j'ai été titularisé. La sécurité de l'emploi.

Cette sécurité-là.

[yuukai, *kidnapping*]

Chaque fois que je mets les pieds dans les locaux des Pins bleus, la même impression d'évoluer dans une bouteille de détergent w-c. Partout, dans les ascenseurs, les montées d'escaliers, les salles communes, des boîtiers blancs diffusent des parfums d'artifice. Partout on triche. On dissimule le lâcher-prise des corps.

Aux murs des couloirs sont affichés des posters représentant la mer, des plages, des ailleurs. Au secrétariat, sur les tables, à l'entrée des toilettes, des bouquets aux tiges de plastique décolorées, aux pétales de tissu gris de poussière.

Partout on veut tromper la mort. De l'illusion alors. Du toc.

De l'illusion qui, à en juger aux sourires souvent forcés des visiteurs et du personnel, n'illusionne véritablement personne. Mais on fait semblant de, en s'immergeant par exemple avec un enthousiasme surjoué dans la découverte du planning des activités.

Aux Pins bleus, il y a même des consoles vidéo. *Nos aînés sont toujours de la partie,* peut-on lire en gras sur le panneau d'affichage de l'entrée.

Souvent cette envie de kidnapper Grand-mère, de l'emmener loin de tout ça. Cette envie qu'on regarde les vagues ensemble, qu'on marche sur le sable comme les silhouettes des images.

Aux Pins bleus seulement, j'ai des envies de voyage, de chaleur en promesse, de salades de fruits frais.

[yakusu, *traduire*]

Grand-mère ne parle plus le japonais des dictionnaires. Grand-mère a son jargon à elle, composé de grognements, de répétitions syllabiques. Quand j'entre dans sa chambre, elle m'accueille avec des *lalala*, des *hoho*.

Ça veut dire *bienvenue mon petit Koichi, je suis contente de te voir, tu m'as manqué*. Je lui réponds d'un clin d'œil, d'une main appuyée sur l'épaule, d'un *bonjour ma grand-mère adorée*. Des échos, des gestes qui semblent la rassurer, la toucher. Le pétillant de son regard alors. Ses efforts pour se tenir droite. Ses doigts qui se tendent vers les photos de famille du pêle-mêle. Son châle indigo qu'elle croise en son cœur en attendant la suite.

J'ai orné de chantilly la tartelette aux fraises de grand-mère. Elle a esquissé un sourire puis, me regardant droit dans les yeux, a planté son index dans les boucles crémeuses, d'un coup. J'ai ri. Grand-mère a léché son doigt comme une gamine gourmande puis s'est attaquée à la croûte avec une application d'experte. Soudain, elle s'est mise à tousser. Je lui ai tapé dans le dos, je voulais qu'elle recrache sa dernière bouchée mais elle s'est mise à serrer les lèvres, à étouffer. Paniqué, j'ai couru dans le couloir pour prévenir les soignantes. Elles prenaient le thé, n'ont pas eu l'air d'apprécier que je les dérange. Leurs soupirs exaspérés, leurs sabots traînants, leur nudité fatiguée sous les blouses blanches. En entrant dans la chambre, elles se sont emparées du corps de grand-mère, l'ont fait basculer sur le côté. L'une d'entre elles a tiré sur son menton et, aussitôt, grand-mère a ouvert la bouche, recrachant des morceaux de fraises et de pâte sablée. Grand-mère pleurait, regardant ces femmes avec l'air terrifié d'un lapin pris au piège. J'étais tétanisé. Junko, son prénom était écrit sur sa blouse, m'a dit qu'il valait mieux que je parte, que ça suffisait comme ça, qu'elles étaient lasses de me répéter de ne pas amener à manger à ma grand-mère, que si ça continuait elles allaient avertir le directeur ou ma sœur madame Seki, que je devais être raisonnable et comprendre que madame Nakamura n'avait plus vingt ans. Je ne me suis pas défendu. J'ai juste dit que nous fêtions mon anniversaire, comme avant.

J'ai quitté la chambre, un typhon au-dedans. Des bougies roses cassées dans les poches.

[kouen, *jardin public*]

Le mercredi soir, après mon travail, je vais au jardin public.

Grand-mère adorait cet endroit, nous y avions notre banc tout à côté du tas de sable. Comme avec les craies à l'école, l'envie folle parfois d'en goûter l'aridité, le crissement.

Je ne fais rien de particulier là-bas. Je ne marche pas dans les allées, je ne regarde ni les fleurs, ni les arbres évoluer. Le temps de manger un monaka et de boire un coca, je m'adosse au flanc d'une lanterne et j'observe les enfants. Il m'arrive parfois de croiser le regard soupçonneux de mères aux aguets. Peut-être s'imaginent-elles que je suis un pervers.

Peu m'importe, je sais moi pourquoi je suis là.

[aibu, *caresse*]

Je n'ai jamais fait l'amour. Ça ne s'est pas fait. Ni pendant le lycée, ni après. Je sais que j'ai plu, que je plais encore.

Oui des camarades de classe, des femmes dans la rue m'ont ému. Pourtant, je n'ai jamais rien tenté pour les rencontrer différemment.

Un soir, je me suis retrouvé à Shinjuku dans la chambre d'une prostituée. Je me demande encore comment. Elle avait une quarantaine d'années, se faisait appeler Cherry, portait des dessous beiges sous une mini-robe rouge. J'ai oublié son visage. Pas sa voix tranquille. A mes gestes empruntés, à mes silences gênés, elle a su tout de suite mon inexpérience. Doucement elle m'a déshabillé, a tenté de me rassurer, de me caresser là où elle savait donner du plaisir à ceux qui la payaient. Mais rien ne s'est passé. Malgré sa bonne volonté, rien ne s'est passé. Mon sexe restait mou, j'étais comme anesthésié, le corps dans cette chambre, l'esprit je ne sais où.

Tout se réveillera, tu verras, m'avait-elle dit en me regardant droit dans les yeux, comme une pythie qui sait.

Elle a posé ses lèvres sur les miennes en me caressant les cheveux. J'ai su après, dans un reportage à la télé, que les prostituées réservaient le plus souvent leurs baisers aux hommes qu'elles aimaient.

[taoreru, *tomber*]

Grand-mère a définitivement basculé dans les abîmes du langage un matin de printemps. En revenant du FamilyMart, je l'ai retrouvée assise au milieu du potager, sa bouche tentant en vain d'articuler des paroles qui s'obstinaient à rester vides de sens.

Je l'ai aidée à se relever. Après, je ne me souviens de rien. Malaise vagal. C'est monsieur Yoshida, le voisin, qui nous a découverts. Moi, étendu sur la terre, grand-mère la tête sur mon épaule.

En conséquence, Seki a déclenché les grandes manœuvres.

Les heures se sont précipitées.

[nigeru, *fuir*]

Seki ne va jamais aux Pins bleus mais signe et remplit, de loin, la vie administrative et financière de grand-mère.

Pour les visites, elle dit que moi j'ai du temps.

Que de toute façon grand-mère ne la reconnaît pas.

Dans ces affirmations péremptoires, j'entends aussi tout ce qu'elle ne me dit pas. Tout ce qu'en elle, elle tente, depuis tant d'années, de camoufler.

[kaminoke, *cheveu*]

J'ai découvert mon premier cheveu blanc il y a peu. Je ne l'ai pas enlevé. Juste mon corps qui change, qui s'altère tout doucement.

Je crois que je n'ai pas peur.

[sanso, *oxygène*]

J'aime prendre des bains. Très chauds.

Au bout de mes pieds, j'enfile des gants de toilette et je suis homme-grenouille, homme palmé dans l'eau qui se fait trouble.

Avec Seki, nous faisions des concours d'apnée. Papa comptait. Souvent nous remontions à la surface au même moment. Etonnés. Heureux de cet élan de vie simultané.

[yume, *rêve*]

Je me couche tard, me lève tard. Environ vingt minutes avant de partir travailler. J'aime cette absence au monde que procure le sommeil, cette parenthèse horizontale. Les corps flottant sous mes paupières avant l'endormissement. La lune en veilleuse. Si je pouvais hiberner.

Je ne déjeune plus, je n'aime plus ça.

Je ne me souviens plus de mes rêves. Je ne fais d'ailleurs aucun effort pour les rappeler à la surface de ma conscience. Petit, je les racontais chaque matin à la famille attablée. C'était mon rituel entre le jus de fruit et le natto. Comme le sentiment que la journée ne pouvait commencer sans cela. J'étais intarissable, ne supportais pas que l'on me coupe la parole. Toujours surpris par l'incohérence fantastique de mes aventures nocturnes. Mes parents riaient souvent. Seki me regardait avec attention mais ne disait rien de ses nuits. Où l'emmenaient ses rêves, dans quelles contrées intimes ? Je n'ai jamais osé lui demander. Je veux penser qu'ils étaient gais, irisés, qu'elle n'avait peur de rien. Qu'elle était fleuriste, marchande de glaces, la reine d'un roi à la barbe rose.

[bunpai, *partage*]

Je n'ai jamais dormi avec quelqu'un, à part avec Seki, une fois.

Elle avait les oreillons. Maman disait qu'il fallait que je m'étende près d'elle pour attraper sa maladie *tu seras tranquille, les hommes ne doivent pas rire avec ça.*

Je n'ai rien eu du tout.

[warabi, *fougère*]

Parfois, en pensée, une femme à l'allure botticellienne s'invite dans mon lit. Je me vois alors lui caressant le sexe, les seins, l'ondulé de ses cheveux d'ambre. Je lui raconte l'école en bas. La nuit dans l'école en bas. Les murs aux poèmes, aux dessins assoupis.

Je lui dis mon corps qui se tend pour elle. Ses beaux yeux vert fougère, son odeur de sauge, ses ongles comme de petits coquillages polis.

Et elle fond ma bienheureuse, dans le chaud obscur de ma couche.

[sora, *ciel*]

De temps à autre, quand le ciel tourne au bleu, je pédale jusqu'à l'ancienne maison de mes parents. Une demi-heure, c'est le temps qu'il faut pour m'y rendre. Sur la route, tout me rappelle l'hier : la station-service où papa nous achetait des Sakuma Drops, le pressing où maman portait ses tailleurs, la petite plantation de thé vert, le gros homme baptisé Sumo par les gens du quartier, toujours assis devant l'entrée du temple.

Le pavillon de mon enfance est posé au milieu d'un ancien champ de colza, tout au bout d'un petit chemin. Ses nouveaux propriétaires sont forains, ils sillonnent le pays presque onze mois sur douze. Ils ont repeint les volets en jaune, ont fait installer une véranda, ont invité des nains et des biches en plastique sur la pelouse. Malgré l'apparat, la maison semble en dormance, en attente d'une vie qui se réinstallerait durablement.

J'ai tout de suite aimé les nouveaux propriétaires. Surtout la femme. Madame Matsumoto parlait vite, toujours en souriant. Aussi maigre que son mari était bedonnant. Ses cheveux coiffés en choucroute lui donnaient des airs d'actrice des années cinquante. Seki trouvait que le couple avait mauvais genre. Que monsieur Matsumoto était gras comme une baleine. Mais ils ont payé cash. Alors elle n'a pas parlementé très longtemps. Les Matsumoto ne savent pas que je rends visite à leur domicile quand ils ne sont pas là. Et personne pour être délateur, il n'y a pas un voisin à moins de cinq cents mètres. Pendant quelques minutes, immobile sur ma selle, j'observe la maison. Parfois, j'ai l'impression qu'elle aussi me regarde, qu'elle se souvient de moi. De la façon que j'avais de caresser ses murs en revenant de l'école comme pour lui dire bonjour, des dessins que je faisais d'elle, de ses recoins qui me servaient de cachette, des sols en plancher où je devinais des animaux, des personnages aux yeux torves. C'est papa qui avait dessiné les plans. Une fois construite, il avait passé des années à la parfaire, à la rendre unique, compulsant méthodiquement les revues de bricolage, s'armant des outils dernier cri. Je crois que maman n'a jamais supporté d'y vivre, même si son attitude, toujours enjouée, faisait penser le contraire. Maman ressemblait aux ménagères sur les publicités des années soixante. Maman était belle au-dehors, sûrement triste au-dedans. Je crois que maman n'aimait pas la campagne. Je crois que maman aimait papa. Je crois que si maman n'était pas morte au théâtre, elle serait morte d'ennui. Maman venait de la mer. L'herbe haute, la terre grasse épuisaient son regard, ses mains. Seki aussi aimait la mer.

Moi je n'avais pas de terrain de prédilection. J'étais bien n'importe où, pourvu que ce soit avec eux.

[koke, *mousse*]

Mes poches de blouson sont invariablement déformées par l'accumulation de barres chocolatées. Toujours, quand je quitte l'ancienne maison, j'en mange trois à la suite. Puis je roule à nouveau sous le ciel bleu.

Je pédale, ivre de glucose, comme rechargé. Je pédale jusqu'à la colline au vieil érable. C'est Seki et Pierre, son meilleur ami d'école, qui m'avaient fait découvrir cet endroit. Nous y allions toujours quand le temps le permettait. Sous la coupe de l'arbre, nous nous sentions protégés, surplombant le paysage de nos yeux en conquête. Nous partagions, au cœur des mousses et des herbes si étales qu'elles semblaient peignées, des goûters préparés par maman. Nous planifiions des cabanes, observions les gesticulations graphiques des fourmis, imitions le chant des merles.

Et puis, en contrebas de la colline, ruminaient les chèvres. Quand nous approchions des clôtures, pas une ne s'affolait, comme si elles sentaient que, malgré la frontière, nous étions de leur côté. Chaque année, Seki apprivoisait les nouvelles venues, les faisait venir à elle en poussant de petits cris dont elle gardait le secret bien au fond de sa gorge. Chaque année, les chèvres disparaissaient après s'être gavées, malheureuses innocentes, de granulés fortifiants, d'ensilage à l'effluve aigrelet. Toujours, comme passionnées par nos mots, elles orientaient leurs oreilles comme pour mieux s'approprier le phrasé ; leurs yeux, vives olives d'anthracite, semblaient attentifs à la bouche, aux mains qui brassaient l'air léger.

Parfois, nous leur donnions des gâteaux, parvenant même à ce que les plus jeunes fassent les belles en récompense d'un bonbon.

Je crois que Seki et Pierre s'aimaient. J'aimais Seki et Pierre. Je crois que Pierre m'aimait. Parfois, en silence, j'imaginais un mariage entre ma sœur si brune et ce garçon franco-japonais. Je me disais qu'ils auraient forcément des enfants au regard brillant, que je les aimerais comme mes propres enfants. Je me disais ça. Tout petit je me disais ça. Je ne sais pas ce qu'est devenu Pierre. Il est parti vivre chez sa tante Mitsu à Suwanose-jima, dans les îles Tokara, quand ses parents ont divorcé. Il voulait devenir pêcheur. Seki a correspondu avec lui pendant des années, lui envoyant des paquets garnis de dessins aquarellés, de stickers à l'effigie des joueurs de base-ball, de gelée de kaki maison. Pierre faisait de même. Ma sœur si heureuse des petites fioles de sable, des savons étoilés, des foulards fleuris. Et puis tout s'est arrêté quand Seki a cessé de sourire.

Pierre, aussi, serait laissé de côté. Pendant des mois il écrivit, téléphona. Grand-mère, chaque fois, lui expliquant la douleur qui mangeait Seki. Le temps qu'il faudrait sûrement.

Pierre a fini par comprendre ou ne plus s'obstiner. Comme moi, comme grand-mère. Du temps sûrement. Je me souviens d'un après-midi à ramasser des cailloux dans un grand champ tout juste labouré du matin. De retour chez Pierre, appliqués, nous les avions vernis. Nous racontant qu'il s'agissait sûrement de perles précieuses échappées du collier d'un kami.

Tout comme pour l'ancienne maison, je ne reste jamais longtemps auprès du vieil érable. Juste une dizaine de minutes : le temps nécessaire et suffisant pour engloutir trois KitKat au wasabi.

[bideogeimu, *jeu vidéo*]

La maison de grand-mère a disparu. A sa place aujourd'hui, une enseigne de jeux vidéo présente dans toute nouvelle zone commerciale qui se respecte.

[tyuujitsu, *fidélité*]

Chez grand-mère, c'était le parfum sirupeux de l'huile de sésame.

Les petits bouquets frais de chrysanthèmes ornant le tokonoma. La photo de grand-père mort pendant la guerre à qui elle restait fidèle, comme un jizô à son chemin. C'était la radio allumée du lever au coucher, le café d'orge toujours prêt pour ceux de passage, la petite table, le bois ciré de l'unisson.

Et les faucheuses à longues pattes qu'il fallait respecter.

Et les tiroirs-fouillis qu'elle entretenait en répétant pour elle-même : *Dans ton jardin secret, n'oublie pas un carré pour les mauvaises herbes.*

[midori, *vert*]

Le jardin de grand-mère, deux terres en paradoxe.

L'une offerte aux passants, devant la maison-rectangle.

L'autre réservée au clan, à l'arrière du logis.

Devant, des familles de plantes en pots savamment agencées. Une collection de Tanuki, d'arrosoirs.

Derrière, le triomphe de la chlorophylle, l'assurance du laisser-pousser. Derrière, un potager majeur. Daikons, choux, carottes, patates douces.

Derrière, l'observation fine. Déjections de volatiles sur le tronc du saule, bourgeons explosifs, taupes à débusquer.

Derrière, la licence. Courir, crier, cracher, se salir, s'inventer.

Chez grand-mère, il y avait le chien Lucky que j'aimais suivre quand il exhumait des os. Moi aussi je déterrais parfois. Des racines, des éclats de verre. J'étais archéologue. Soulevant des pierres abritant des possibles. Terre humide grouillant de lombrics, de cloportes, d'insectes étranges comme sortis d'une planche de Fabre.

Seki et moi, entre fascination et écœurement pour ces vies cachées, ces monstres infimes. L'autre face du jardin.

[nakunaru, *disparaître*]

Grand-mère ne sait pas que son monde a déposé les armes devant les bulldozers.

Grand-mère ignore que celle qu'elle appelait *sa petite* ne vit même plus à l'état de ruines.

Aux Pins bleus, au-dessus du lit électrique, un Polaroïd : Seki, grand-mère et moi posant devant la maison. Nous venions de la repeindre. Nous avions encore de la chaux plein les mains. C'est maman qui avait appuyé sur le bouton rouge de l'appareil photo. Il faisait chaud, nous étions tous en bermuda. Des rires dans la moiteur de cet été-là, beaucoup de rires. Surtout ceux de Seki.

[kaisei, *modification*]

Ce soir, alors que je buvais mon chocolat tout en regardant une jeune mère faire la lecture à son bébé, j'ai entendu des employés de la bibliothèque critiquer Seki. L'un d'eux a raconté qu'il était allé la voir à propos d'un droit à la formation. Elle l'aurait accueilli violemment, lui jetant presque son dossier à la figure. Peu de temps après, Seki insultait sa secrétaire personnelle, l'accusant d'être une bonne à rien. Plusieurs plaintes sont arrivées au bureau du maire. Seki serait en arrêt maladie pour dépression. Une bibliothécaire du patrimoine qui l'a croisée il y a peu à la pharmacie a ajouté que, contrairement à son habitude, elle n'était pas maquillée, qu'elle portait un jean et des baskets, qu'elle avait l'air d'une gamine paumée. Seki, une gamine paumée. Une gamine.

A ces mots sur ma sœur, à ces images, nulle peine en moi. Plutôt le bruissement d'un désir.

L'évidence d'une révolution à laquelle je participerai comme membre très actif.

Pour la première fois depuis mon embauche, j'ai emprunté des albums à la section jeunesse. Mademoiselle Ogawa n'a pas fait de commentaire. Le rose irradiait ses joues lorsqu'elle m'a tendu les livres après les avoir décodebarrisés. Je lui ai souri.

J'ai remis une pièce dans la machine. J'ai repris un chocolat chaud.

Le bébé semblait prendre du plaisir à la lecture. Sa mère ne se lassant pas, visiblement, de le regarder vivre, lui ressembler.

Demain matin, je porterai un jean et des baskets.

Demain matin, je négocierai un congé sans solde de plusieurs mois.

Et si ça ne marche pas, je démissionnerai.

[mado, *fenêtre*]

J'ai téléphoné à Seki hier soir. Elle n'était pas chez elle ou ne voulait pas décrocher, je ne sais pas. Juste sa voix, dans l'artifice, sur le répondeur. Je n'ai laissé aucun message. Elle ne m'aurait pas rappelé, je le sais.

J'ai pris Kokoro dans mes bras. Kokoro au teint de plastique brouillé. Et puis je me suis endormi comme une masse sur le canapé. Tout habillé, les fenêtres du salon grandes ouvertes.

A mon réveil, des images, des sensations fugitives. Comme des vagues, une odeur d'iode. Des bribes, peut-être, d'un voyage onirique que je n'ai pas refusé.

[tamatsuki, *billard*]

A huit heures, juste avant de filer à la bibliothèque, je suis passé par l'auto-école Aoki. Elle est connue pour sa réputation de boîte à fric. J'ai proposé au directeur de lui payer forfait triple s'il acceptait de me donner des cours en priorité, en plus qu'accéléré. Que c'était très important pour moi, un cas de force majeure. Monsieur Aoki n'a pas réfléchi longtemps, ajoutant dans un sourire rusé qu'il pourrait aussi se débrouiller pour que les dates des examens arrivent vite. Qu'il s'arrangerait de la paperasse et des délais légaux. Mais que, bien entendu, il fallait que j'y mette du mien pour être un élève appliqué ; que je sois discret sur les caractéristiques très exceptionnelles de mon contrat.

Lisant mon nom sur le dossier d'inscription, monsieur Aoki m'a demandé si j'étais le fils de Yasushi. J'ai acquiescé. Mon père et lui fréquentaient le même club de billard. Je l'ignorais mais c'est tombé à pic. *Je l'aimais beaucoup*, a-t-il ajouté les yeux dans le vague, *c'est bien que vous soyez venu ici*. Il m'a fait cadeau d'une méthode de code et de trois séances de conduite.

Je tourne le volant d'une Honda demain à partir de neuf heures.

[ashita, *demain*]

Il reste du riz dans le Tupperware, du natto dans mon bol Naruto.

Je n'ai pas débarrassé la table. Demain il fera jour, comme disait grand-mère. Me pelotonner sous la couette. Ingurgiter le code de la route, la femme aux cheveux d'ambre comme répétitrice.

Demain il fera jour et je n'irai pas travailler.

J'ai été persuasif à la bibliothèque. Vivant de certitude comme jamais. Un étudiant en stage me remplacera. L'aubaine pour lui et moi.

[chikara, *force*]

Il a gelé cette nuit.

L'étang du jardin public est une glace dépolie sous laquelle résistent des algues. Sous laquelle fraient peut-être des carpes plus fortes que le froid. J'aime à le croire en cet après-midi de semaine sans enfants jouant sur le tas de sable.

[chi, *sang*]

J'ai réessayé d'appeler Seki. Encore le répondeur. J'ai raccroché. Je ne lui écrirai pas. Je ne lui téléphonerai pas non plus sur son portable. J'ignore son numéro, de toute façon. Je n'irai pas chez elle. Pas tout de suite. Je sais qu'elle sait que je sais. Je sens qu'elle sent ce qui arrivera. Je sais qu'elle attend.

Nous avons toujours su, malgré tout, ce qu'il advenait de nos vies à l'un et à l'autre. Certains parleront de télépathie. Nous avons toujours su, je crois oui, ce qu'il adviendrait un jour. Le sang identique de nos veines. La famille. Malgré tout.

[soboku, *simplicité*]

Les injonctions du code de la route entrent en moi comme dans du tofu soyeux. Je ne fais pas d'effort dans l'apprentissage. Je n'ai jamais voulu en faire. Il y a juste, sûrement, des moments opportuns pour intégrer la connaissance de manière optimale.

Je conduis la Honda avec une aisance qui semble intriguer la monitrice que j'emmène en balade deux heures le matin, trois heures l'après-midi. Elle ne comprend pas pourquoi j'ai attendu si longtemps pour me mettre au volant, me dit qu'elle se souviendra de moi, que je ne suis pas un élève ordinaire. Elle m'assure que j'aurai mon permis sans problème. Qu'il n'y aura pas à tortiller. Je le sais moi aussi. Il n'y aura pas à tortiller.

Le parfum de la monitrice me rappelle les vacances à la mer.

Ma mère s'enduisait la peau de monoï. Le monoï a l'odeur de la joie, du sucre qui ravit. Le monoï est l'allié du ciel bleu, un liquide à bonheur.

[uinku, *clin d'œil*]

Grand-mère n'était pas habillée quand je suis allée la voir hier.

Les soignantes m'ont dit qu'elle avait fait sa crise au moment de la douche. Qu'elle avait craché sur Chiyo, poussé Hona. Que ça ne pouvait pas continuer comme ça. Qu'il allait falloir prendre des dispositions. Que madame votre sœur est injoignable. Que votre grand-mère a un fichu caractère. Que selon les jours, elle est ange ou démon. Que madame Ikuko, dans la chambre à côté, pour son âge et avec la même pathologie, est bien plus gérable.

J'ai répondu qu'en effet, des dispositions seraient prises. Que j'allais rencontrer le directeur de l'établissement. Que ma grand-mère ne poserait plus de problème. Elles m'ont regardé comme si elles me voyaient pour la première fois. Elles ont fait oui monsieur avec des airs d'enfants gênés. Je leur ai proposé des gâteaux secs fourrés à la pâte d'azuki. Elles en ont pris un chacune, puis elles ont quitté la chambre en me souhaitant une bonne fin de journée.

J'ai embrassé grand-mère sur les mains, sa peau de papier-calque. Je lui ai donné un gâteau. Avant de le manger, elle m'a regardé longuement, ses yeux bruns mouillés me posant une question. Comme à l'habitude, j'ai interprété ses silences. Et je lui ai promis, dans le même recueillement, de répondre bientôt à sa requête.

Grand-mère m'a fait un clin d'œil. Elle s'est levée tranquillement puis s'est dirigée vers la salle de bains. Je n'ai pas bougé. Vingt minutes après, elle a reparu habillée.

Du rose nacré faisait sourire ses lèvres.

[saijitsu, *jour de fête*]

Le ciel n'était pas bleu, il pleuvait même. Pourtant j'ai pédalé jusqu'à l'ancienne maison. J'ai pédalé comme un dingue, j'ai roulé dans les flaques, j'ai même failli me faire renverser par un camion. J'ai retrouvé les sensations perdues à conduire protégé par la tôle. Le vent qui fouette le visage, la peau des mains qui bleuit, les mollets qui tirent, l'impression de ne pas avancer.

Il faisait presque nuit quand je suis arrivé. Les Matsumoto étaient chez eux. Toutes les lumières étaient allumées. Des bougies d'extérieur avaient été installées çà et là, en petits points de couleur jaunes et roses. Je crois qu'il se préparait une grande fête. Les nains de jardin et les biches en plastique participaient du spectacle. Ils étaient nécessaires, évidemment. Malgré l'isolement, malgré la pluie, une féerie s'installait. Je n'avais jamais vu la maison comme ça. Si chaude d'humanité. J'étais sûr que bientôt il y aurait de la musique, un feu d'artifice, des rires, des baisers, que des gens danseraient pieds nus sur le gazon mouillé.

J'ai dû rester là cinq minutes en tout et pour tout. La maison ne m'a pas vu. Peut-être même ne m'a-t-elle pas reconnu. Toute préoccupée sûrement qu'elle était, à découvrir d'autres facettes d'elle-même.

J'ai rempli la boîte à lettres de bonbons. Et puis je suis parti sans me retourner. Je suis parti en me disant que j'aimais les Matsumoto. J'ai souri en pensant aux autos tamponneuses, aux glaces au thé vert, au grand huit, à la pêche aux canards.

Sur la route, j'ai croisé des caravanes, des camping-cars. De la vie forte et simple à l'intérieur des habitacles.

[kyoka, *permission*]

Les deux épreuves sont passées rapidement.

Pour la dernière, l'homme m'a dit à plusieurs reprises de tourner à droite, à gauche. Il m'a demandé de rouler à cent sur l'autoroute, m'a fait faire un créneau sur un parking. Et puis j'ai dû arrêter le moteur. Je suis allé m'asseoir à l'arrière de la Toyota rouge. Une jeune fille s'est mise au volant. Elle a démarré, a quitté le bas-côté, omettant le clignotant. Il s'est raidi. Nous sommes sortis de la ville, nous avons roulé sur de petites routes de campagne. Trop près des talus, des coquelicots. Plusieurs fois, il a posé une main sur le volant pour rectifier la trajectoire. Son lexique se limitant à des *attention, avertisseur, rétroviseur, plus vite, moins vite.*

Nous sommes passés tout à côté du vieil érable. C'était la première fois qu'il m'apparaissait à travers une vitre. Il m'a semblé fort dans son isolement, increvable. J'ai pensé à la peau blanche de

Pierre. J'ai pensé que la mort, le passé n'existaient pas, qu'il y avait des possibles. J'ai pensé que je ne me reconnaissais plus.

L'homme m'a regardé. M'a adressé des félicitations mécaniques. La jeune fille, recalée, m'a souri sans me voir vraiment. Je crois que j'aurais aimé la prendre dans mes bras. Lui dire qu'un jour l'asphalte lui ferait de l'œil. Que je le voyais à la façon qu'elle avait de rabattre ses cheveux. A ses petites oreilles joliment blanches rimant avec les nuages.

A l'auto-école, la monitrice m'a redit que j'étais un cas. J'ai souri.

Monsieur Aoki a levé le nez de ses dossiers. *La route est à toi*, m'a-t-il lancé. Avant de partir, j'ai déposé un coffret sur son bureau.

A l'intérieur, les billes de billard toujours gagnantes de mon père.

[kanmuri, *couronne*]

J'ai croisé mon visage ce matin dans la glace. Une barbe volontaire évolue à son aise. Je n'ai pas pu comptabiliser mes cheveux blancs.

Je n'ai pas cherché à le faire d'ailleurs. Ils poussent en couronne, comme des plumes de colombe tout autour d'un nid brun.

[hitsujuhin, *nécessaire*]

J'ai rassemblé le nécessaire dans deux sacs Muji.

J'ai pris une douche sans penser à rien d'autre qu'à l'eau qui coulait sur mon corps, au parfum d'iris du savon. Et puis je me suis habillé : chemise blanche, jean noir, baskets.

Il faisait calme dans l'appartement, doux au-dehors. La récréation n'avait pas encore commencé. J'ai vidé les placards de la cuisine et le frigo. Et à nouveau j'ai rempli des sacs.

J'ai téléphoné à Seki. Elle a décroché. J'ai écouté son souffle, son silence. Elle a fait de même. Je sais qu'elle savait que c'était moi. Nous jouions souvent à appeler des inconnus quand nous étions enfants. Juste pour entendre leur voix, leur agacement ou leur joie à l'idée que quelqu'un s'intéressât à eux. Et ce, même si l'appel était arbitraire, le numéro pioché à l'aveugle dans les pages neurasthéniques de l'annuaire. J'ai entendu des cris au loin. Asami et Asaka sûrement. J'ai prononcé cinq mots : aujourd'hui, quinze heures, trois valises. Et j'ai raccroché sans attendre de retour.

J'ai fermé l'eau, l'électricité, éteint le gaz, baissé les volets. J'ai dit au revoir à la femme aux cheveux d'ambre. Je me sentais plein.

Des pastilles à la fraise dans les poches pour tout picotin.

[utau, *chanter*]

Pas de problème monsieur Nakamura, votre grand-mère peut vous suivre. Ses affaires sont prêtes. Le temps s'est radouci. Le docteur n'a émis aucune interdiction de sortie. Il faudra juste penser aux médicaments trois fois par jour. Et pas trop de fantaisie côté nourriture. Et ne la laissez jamais seule, vous savez qu'elle est fugueuse. Et puis elle sera contente de voir autre chose. Appelez-nous dès que vous serez décidés à rentrer. Ça vous va bien la barbe monsieur Nakamura, ça vous change. Bonjour à madame votre sœur. A bientôt monsieur Nakamura.

Le directeur des Pins bleus m'a serré la pince tout en se caressant le ventre. Et puis il a refermé la porte de son bureau. Le traitement des affaires courantes en somme. Je n'ai pas eu à batailler, à argumenter. Dans le hall d'accueil, deux hommes endormis dans des fauteuils roulants. Les mains beiges de taches, leur pantalon auréolé du repas de midi. Et puis les infirmières, les secrétaires. Le petit ballet.

Grand-mère m'attendait, rabougrie, impatiente, dans son ensemble bleu. J'ai éteint la radio, arrosé la jacinthe et puis je lui ai offert mon bras. Nous avons traversé les couloirs de concert, narguant les images sur les murs, les déambulateurs, les télés allumées en continu.

Dehors, grand-mère s'est assise sur le siège avant du break que j'avais loué. J'ai démarré la voiture, grand-mère a fait *sasasa.*

Moi aussi j'ai fait *sasasa.* Et puis j'ai enchaîné en éclatant de rire…

Sakura sakura
noyama mo sato mo
mi-watasu kagiri
kasumi ka kumo ka
asahi ni niou
sakura sakura
hana zakari

[enjin, *moteur*]

Je ne sais plus quel est mon âge. Je conduis. Je conduis quelqu'un pour la première fois, ma grand-mère. Ma grand-mère qui se laisse conduire en confiance. Qui regarde le monde de ses beaux yeux pailletés de mauve. Qui me regarde comme si j'étais un ange.

Les vitesses que je passe, les manettes que je tourne, les boutons sur lesquels j'appuie, tout est douceur. Tout glisse comme les évidences qu'on énonce. Le moteur tourne à l'unisson de nos désirs qui, de nouveau, tentent de s'avouer. Grand-mère se love sur le siège bleu chiné, l'anse de son sac à main entre les doigts, tel un doudou de petite fille.

[futatabimiidasu, *retrouver*]

J'ai eu du mal à retrouver la maison dans ce quartier résidentiel.

Elles se ressemblent toutes : petit chemin de graviers, salon de jardin en teck, voiture personnelle de madame, de monsieur.

J'ai enfin coupé le moteur et demandé à grand-mère de m'attendre. Elle a hoché la tête, royale. A sorti un petit miroir ancien de son sac. Un cadeau de Seki rapporté de Prague. Et s'est laissé absorber par son reflet.

[hikari, *lumière*]

J'ai sonné. Asami et Asaka m'ont ouvert la porte. Elles se sont pressées l'une contre l'autre tout en écrasant des formes invisibles de la pointe de leurs chaussures vernies. Leurs petits orteils recroquevillés de stupeur, sûrement.

La maison était en désordre, les stores mi-clos. Ça sentait le froid, le renfermé. Dans un coin du salon, les trois valises en attente.

Je l'ai d'abord vue de dos. Ses filles ont couru vers elle. Elles se sont assises à ses pieds, menues adoratrices auprès d'une déesse figée. Je me suis approché doucement. J'ai souri de tout mon visage à Seki, pour raviver la lumière qui balbutiait sur ses joues. En silence alors, nous nous sommes enlacés. Nos corps en retrouvailles, mon regard attiré par un point de couleur sur une étagère : le petit caillou verni, la pierre précieuse du collier du kami. Avant de refermer la porte de la maison, j'ai donné tranquillement à boire aux plantes, jeté les mégots, levé les stores, ramassé les papiers, les jouets sur le plancher. Le jour serait le plus fort. Voilà ce que je me disais.

J'ai voulu donner du temps à Seki, à grand-mère, aux petites, afin qu'elles se retrouvent en parfums communs, en grain de peau familier. J'ai voulu qu'elles savourent la surprise de cette heure, nos retrouvailles.

Quand j'ai regagné la voiture, chacune avait sa place. Grand-mère toujours devant, droite comme un I, Seki et les filles à l'arrière, le corps tendu à l'avant, dans l'impatience du départ. J'ai faim, a murmuré Asami. Moi aussi, a poursuivi Asaka tout aussi discrètement. J'ai sorti mes trésors sucrés-salés des sacs Muji. Grand-mère a pris ses cachets verts en buvant du coca. Seki a ouvert un sachet de chips, les petites une boîte de dorayaki.

J'ai démarré, nous avons filé.

[michijyun, *itinéraire*]

Je savais que ce serait long. Je connaissais l'itinéraire par cœur. Pas besoin de cartes, les routes étaient en moi, intelligemment inscrites, comme un réseau sanguin qui va son chemin. Je m'étonnais de la facilité, des paysages qui défilaient sans chercher à nous retenir. Je m'étonnais de la fugue, des terres pourvoyeuses des briques, des ciments de nos reconstructions. Je m'étonnais d'avancer. Je n'avais jamais été voyageur.

Peu à peu, les petites retrouvèrent leurs voix d'enfants. Vives, toniques, brouillonnes. Peu à peu, elles se mirent à chanter : des génériques de dessins animés, des musiques de publicités. Je cherchais leur regard dans le rétroviseur, elles rencontraient le mien. Presque intimidées que cela fût possible. Comme surprises d'avoir un oncle. Un oncle Koichi. Je bougeais la tête au rythme de leur concert. Grand-mère dormait, son visage apaisé comme une petite vallée à la tombée du jour.

Jusqu'à Hiroshima, Seki a dormi elle aussi. Recroquevillée en fœtus, la joue collée contre la vitre. Jusqu'à Hiroshima, Seki n'a pas lâché Kokoro que les petites rêveusement coiffaient, chacune son tour, sans réveiller leur mère. Asaka d'un peigne rose, Asami d'une mini-brosse dorée.

Sur les aires d'autoroute, petit clan groggy de kilomètres, nous marchions pour dégourdir nos corps. Peut-être nos passés. Et puis il y avait les azalées en fleurs. Les corbeaux en quête de desserts abandonnés. Les bancs de pierre blanche sur des gazons galeux. Seki ne m'adressait la parole que pour l'essentiel. Je n'en désirais pas plus. Je savais qu'il faudrait du temps pour que les chocs de toutes ces années sourdes se muent en cicatrices douces au toucher. Je me disais qu'un jour viendraient les paroles libres, tranquilles. Seki savait que je savais. Dans les stations-service, nous servions de béquilles à grand-mère. Ma sœur sans maquillage, pantalon et tunique de lin blanc. Ses cheveux longs tressés. Ma sœur qui faisait se retourner les hommes sans plus le vouloir. Les petites nous précédaient, ouvrant la voie, nous guidant à travers les allées. Nous mangions des gaufres, des onigiri de saumon. Cette manière de picorer ici et là, sans ordonnance, une nourriture toute préparée, semblait séduire tout le monde. Seki acquiesçant sereinement à l'absence de figures imposées. L'échappée n'avait que trop attendu, nos pensées pulsaient d'une joie étonnée.

Arrivés dans le Kyushu, nous nous sommes arrêtés devant un ryokan. J'avais réservé, demandé les chambres les plus confortables. Nous n'avons pas dîné, trop gavés que nous étions de sucreries. Les petites s'amusaient de l'accent, des mots inconnus des personnes qu'elles croisaient. Grand-mère ne quittait pas mon bras, Seki ne me quittait pas des yeux. Seki, je crois, ne me reconnaissait plus. Ou peut-être me retrouvait-elle.

Elle et ses filles prirent la chambre du rez-de-chaussée. Grand-mère et moi celle de l'étage.

Je crois que nous avons éteint les lumières au même moment.

[tsuki, *lune*]

Le lendemain matin, grand-mère n'a pas voulu que je l'assiste dans sa toilette. Je n'ai pas insisté. J'ai juste posé ses remèdes près d'un verre d'eau fraîche. Elle les a pris tranquillement, sans sourciller, du bout des doigts.

Nous avons déjeuné sur une terrasse faisant face à un petit marché. L'air était doux. La radio annonçait chaleur et ciel bleu pour les jours à venir. J'ai pensé que la nature était avec nous.

Je ne sais pas si Seki a dormi. Elle avait l'air reposé. Les petites couraient autour de la table, touchaient les cheveux gris de grand-mère, son bracelet en jujubier.

Nous avons repris la route, nous arrêtant de temps à autre. Nous échangions peu, la chaleur annihilant toute velléité de paroles. Grand-mère et les petites somnolaient, Seki regardait les autres voitures, les villages au loin qui se dessinaient puis disparaissaient en douceur. Seki me regardait conduire. Je sentais ses yeux au-dessus de mes épaules. Nul rapace à l'horizon. Des hirondelles plutôt, des volées de merles, de moineaux. Nous avons mangé un nabe dans une auberge aux allures de maison de poupée. Nous avons bu du saké, les petites du soda. Nous nous sommes promenés dans des ruelles aux volets fermés, histoire de retrouver notre verticalité, histoire de découvrir en chœur des parcours inconnus. Une heure plus tard nous arrivions à Kagoshima. Devant l'embarcadère du ferry pour les îles Tokara, j'ai vu le visage de Seki se figer d'incrédulité. J'ai dit *faites un vœu.* Nous avons tous fermé nos paupières en même temps.

Nous sommes arrivés à Suwanose-jima dans la nuit. Les petites dormaient. Mitsu a ouvert la porte en grand, nous a embrassés copieusement, comme si nous étions de vieux cousins français. Nous nous sommes laissés aller à son corps carré, à l'imprimé fleuri de sa robe-tablier.

Dans la lumière lunaire de sa petite cuisine, une photo de Pierre encadrée. Mitsu, caressant son visage, nous a dit qu'il rentrerait dans deux jours. Qu'il avait dû remplacer un collègue malade *la solidarité des pêcheurs vous savez.* Que ma lettre l'avait bouleversé, que sa vie non plus n'avait pas été que mer d'huile. Qu'à son retour, il nous promettait un festin.

En un sourire embué, Seki a pris mes doigts entre les siens, comme du temps où nous roulions sur le petit chemin. Mon Daruma venait de recouvrer la vue.

Vers trois heures, dans le creux de mon lit, j'ai pensé que je voulais des enfants, une femme à aimer. J'ai pensé que, peut-être, j'étais prêt.

[sutoole, *étole*]

Les petites courent dans des bâches d'eau calligraphiées d'insectes glissant sur leurs reflets. Despotes fascinées, elles aiment, d'un doigt de pied, provoquer des raz-de-marée, troubler le miroir naturel, occire les créatures en noyant leur corps.

Elles construisent des hauteurs de quartz qu'elles appellent Château de la mer, Maison de la princesse aux coquillages, Palais de Kokoro.

Les albums grands ouverts comme pour mieux profiter du soleil, elles se racontent à haute voix les vies d'héroïnes téméraires.

Asami joue à la dînette avec des crabes adolescents, des crevettes mortes. Asaka fait, avec délicatesse, filer du sable sur les épaules de grand-mère, sur les jambes de sa mère. Elles lèchent des glaces à l'eau en scrutant le volcan. Se disputent, se rabibochent cinq minutes plus tard. Les petites parlent de leur père qui est parti. Seki dit qu'il les aime.

Que c'est papa et maman qui ne s'aiment plus assez pour vivre ensemble. Qu'il ne faut pas confondre. Elles opinent du chef, courent en hurlant retrouver un petit groupe d'enfants. Le jeu n'a pas de frontières.

La plage, comme l'étole d'un bonze enveloppant nos vies de ses bras jaunes.

[onwa, *tempéré*]

Ma sœur et ma grand-mère se ressemblent. La même cambrure du corps quand elles regardent la mer, le même sourire discret.

Grand-mère se laisse aller au gré des jours que nous passons sans autre projet que de profiter du sable, de l'eau, de la forêt, des jappements du petit chien roux de Mitsu.

Tout me semble irréel et ancré à la fois.

Je nage au loin, me réchauffe les os, bercé par le cri régulier des mouettes. Le plus souvent je suis silencieux. Parfois je cours dans les vagues avec les petites, me transforme en dauphin qu'elles chevauchent en riant.

Seki nous regarde jouer. Pour le moment, elle ne participe pas.

Seki prend le temps, je crois, de se défaire des coquilles vides accumulées.

[kokoro, *cœur*]

Tout à l'heure, Pierre rentrera du lointain.
Des poissons luisant de verdeur pour le repas du soir.

Nous aurons tous les âges à l'intérieur.

Achevé d'imprimer en Espagne par

CPI
BLACK PRINT

Dépôt légal : août 2017